BALDACHIN

Psychografie

Christoph Sebastian Widdau

Bibliografische Information der Deutschen Nationalbibliothek:
Die Deutsche Nationalbibliothek verzeichnet diese Publikation
in der Deutschen Nationalbibliografie; detaillierte
bibliografische Daten sind im Internet über dnb.dnb.de
abrufbar.

Herstellung und Verlag:
BoD – Books on Demand, Norderstedt

ISBN: 9783757825515

INHALT

GEISTESGEGENWART

Woran er denkt: Gespinst ist's. Silbengewebe ist's.
Fugenlaut ist's. Gemütsverdichtung ist's.

Fund: Was in ihn einfällt. Fein oder grob.
Schleichend oder polternd. Ausgelesen oder
unbesehen. Matt oder glänzend. Brummend oder
schrillend. Kosend oder schlagend. Zumeist
schlagend. Salve Hiebe, womit auch immer.
Arsenal, unerschöpflich.

Fund: Was er setzt. Entgegen. Ein. An. Hinzu.
Rasend oder besonnen. Sich einlassend oder
sperrend. Im Kampf, stöbernd, stöbernd im Spiel.
Im Kampfspiel, im Spielkampf. Mal erst dieses, mal
jenes, geschieden. Dann umgekehrt. Meistens:
Gemeinschaftserschallen in einem Satz.

Doch muss er denken: „Was einfällt, ist das, worüber
ich Herr werden kann." Ein Gedankenblitz gibt ihm
etwas auf. Oder ein Drittelsatz, der wie ein starker
Eindringling verfängt. Reaktion: Hinzusetzen, ein, an,
entgegen – sei Herrschaft, Herrschaft ohne Hoheit.
Grenzverletzungen, ständig. Zwecks Hochzeit.

Er weiß nicht, wie sich Einfall und Setzung paaren. Er weiß, dass sie sich paaren. Das weiß er, weil sie sich paaren. Er weiß, dass die Scheidung nicht vollzogen werden kann, solange es das gibt, was er Herrschaft nennt. Er weiß, dass nicht alles in ihm Einfall ist. Er weiß, dass nur er es ist, der sich gegen den Einfall, der seiner ist, verteidigen kann. Und erwehren muss. Der ergreifen muss, was sich ihm anbietet. Der fortstoßen muss, was sich ihm anbietet. Durch anderes und sich. Obzwar Kräfte schwinden. Doch noch ist nicht alles Einfall. Das tröstet ihn nicht. Es schmerzt aber auch nicht. Herrscher ohne Hoheit auf Zeit. Gekrönt mit gefaltetem Papier. Er entfaltet. Er richtet. Es richtet.

Sein Versuch, die Geistesgegenwart zu bestimmen: ungenügend. Missratene Paarung. Was nicht des Paarens wert war. Es pocht: Weswegen nicht alle Tag und Nacht (so viele Stunden sind es nicht) darum bemüht sind, die Geistesgegenwart einzusehen – ein Rätsel. Ihm ist es eines. Herrgottsschnitzer.

Wenn man es nicht versucht: Welchem Zweck dienen andere Versuche? Alle anderen Versuche? Bevor er das Kissen wendet, streift es ihm durch den Sinn: Das Wesentliche nimmt man hin. Seine Geistesgegenwart. Sich selbst.

LIEBE

„Ich möchte nicht teilhaben an deinem Untergang."
  „Ich verstehe."

„Ich möchte nicht verleugnen müssen, wer und was
du gewesen sein wirst, für mich."
  „Ich verstehe."

„Ich möchte dich streicheln, weil du mir wichtig bist."
  „Ich verstehe."

„Ich will dich spalten, weil du mir nichts bedeutest."
  „Ich verstehe."

„Ich möchte dich streicheln, wie du bist, und dich
spalten, damit du gewesen sein wirst."
  „Ich verstehe."

„Als ich ein kleines, nein, ein junges Mädchen war –
ich muss sechs oder sieben Jahre alt gewesen sein,
genau weiß ich dies nicht mehr – spielten wir, ein
paar Freundinnen und Freunde (so nannten wir uns
zumindest), an Wochenenden öfter in dem
leuchtenden Garten, den die alteingesessene Familie
eines Nachbarsjungen angelegt hatte. Wenn ich als

Mädchen über das Paradies nachgedacht hätte, dann hätte ich es mir als diesen Garten vorstellen können. Aber ich dachte nicht über das Paradies nach. Ich weiß nicht einmal mehr, ob mir das Wort ‚Paradies‘ hätte einfallen können. Ich dachte nicht über das Paradies nach. Das ist sicher. Ich dachte nicht über den Garten nach. Er war einfach da. In ihm gab es, was fehlt: Versteckspielsträucher, so hieß sie wer, es reckten sich prächtige Bäume, glühten Beeren und Birnen. Manchmal zwitscherte und perlte es. Dies mag hinzugedichtet sein.

An einem Samstag, ich weiß nicht mehr, wann genau, verpasste ich dem Nachbarsjungen eine Ohrfeige. Er hatte mir eine Birne weggenommen, die zuvor von einem Zweig gerissen worden war. Von mir, nicht ohne Schweiß. Er, Nichtsnutz, hatte die Birne zum Mund geführt, hämisch gelächelt, bösartig gar (ein anderes Adjektiv kann mir dazu nicht über die Lippen kommen), seine Augen waren nicht mehr zu sehen, so sehr kniff er alles zusammen, um mir etwas vorzuführen – und dann, dann biss er zu, mit einem genüsslichen Ausdruck, der nur als ‚sadistisch‘ bezeichnet werden darf. Ich verpasste ihm daraufhin die Ohrfeige. Er blickte mich überrascht an, fasste sich an die sich rötende Wange, fiel aus allen, fiel aus irgendwelchen Wolken, und flennte.

Tagelang sahen dann alle zu, wie ich mich schlecht fühlte. Tagelang sahen dann alle zu, dass ich mich schlecht fühlte. Tagelang sahen dann alle zu, dass ich mich schlecht fühlen sollte. Der Erwartung entsprach ich. Irrsinn. Der Nachbarsjunge kam davon. Seitdem esse ich keine Birnen mehr. Ich verzichte auf Birnen. Seitdem habe ich niemandem mehr eine Ohrfeige verpasst. Ich verzichte darauf, Ohrfeigen zu verpassen."

„Ich verstehe."

„Ich möchte nicht teilhaben an deinem Untergang."
„Ich verstehe."

„Ich werde dich verlassen."
„Ich verstehe – aber bleibe, bitte, bleibe."

„Weißt du, weswegen mir diese Erinnerung in den Sinn kam? An Birnen und Ohrfeigen?"
„Ich verstehe."

„Ich verstehe es nicht."
„Ich verstehe."

„Ich meine: Ich weiß, weswegen sie mir in den Sinn kam, aber wozu, dies weiß ich nicht."

„Ich verstehe."

„Ich möchte dich schultern und abwerfen."

„Ich verstehe."

„Ich möchte, dass wir einander sagen – wir können es nicht. Dass wir es nicht können."

„Ich verstehe."

„Ich möchte dich liepkösen, weißt du? ‚Lieb zu dir sprechen‘ oder ‚traulich mit dir reden‘ bedeutet das, glaube ich."

„Ich verstehe."

„Ich weiß nicht, wer wir sind."

„Ich verstehe."

„Ich küsse dich – sage nichts."

„Ich werde schweigen."

„Es gibt uns nicht."

„Ich verstehe."

QUELLE

Seitdem er das kann, was er ‚Denken' nennt, geht er
jeden Tag zu dem Born, den er in der Nähe dessen,
was er gern – nicht nach Belieben – ‚Zuhause' nennen
würde, entdeckt hatte. Der Beginn des ‚Denkens' und
die Entdeckung des Borns fallen auf dieselbe Stunde.
Dies behauptet er.

Seitdem trägt er jeden Tag einen alten, verbeulten
Eimer zu dem Born. Das Wehen spielt keine Rolle.
Irgendjemand würde ihm sagen: „bei Wind und
Wetter". Er würde den Hut ziehen. Aber es sagt ihm
niemand etwas. Und er zieht keinen Hut. Er trägt. An
dem Eimer hängt etwas, das er an ihn geknüpft hat.
Eifrig geknüpft hat. Angekommen, schöpft er. Lässt
und zieht. Den Eimer lässt er an dem Geknüpften
hinab. Mühselig zieht er den Eimer hoch, sobald der
gefüllt ist. Sobald es ihn drängt.

Seitdem lässt er den emporgezogenen, gefüllten Eimer
fallen, sobald er an das Tageslicht gezerrt worden ist.
Das Wasser dringt dann ein in den Boden. In den
trockenen Boden. In den feuchten Boden. Dies hängt
ab von der Witterung.

Seitdem er dies tut, weiß er nicht, weswegen er das tut. Seitdem er dies tut, weiß er, dass er es unterlassen könnte, dies zu tun. Seitdem er dies tut, weiß er, dass er dies tun wird, solange er das kann, was er ‚Denken' nennt. Der Quelle entzieht er sich nicht.

Seitdem er dies tut, zeiht er sich. Seitdem er dies tut, ist es ihm gleich, ob er es tut. Das ist eine Frage der Gemütsverfassung. Ein Fremdwort. Er weiß sich nicht anders zu behelfen. Seitdem er dies tut, kann er nicht darüber sprechen. Er schiebt dies – das Gegebensein des Zeihens oder das Gegebensein der Gleichgültigkeit – auf die Witterung. Mit diesem Schluss kann er leben.

Seitdem er dies tut, ruft er in den Born hinein.

Seitdem er dies tut, flüstert er dem Innern des Borns zu.

Seitdem er dies tut, sucht er ein Wort dafür. Für das, was er tut. Ein Wort, mit dem er leben kann.

Seitdem er dies tut, lässt er den emporgezogenen, gefüllten Eimer fallen.

GASTLICHKEIT

„Möchten Sie kosten? Meist gelingt es. Wie ist es?
Schonen Sie mich nicht. Denn oft gelingt es nicht."

> „Wie geht es Ihnen? Hatte ich dies bereits
> gefragt? Verzeihen Sie, wie ungeschickt. Ach,
> ich weiß nicht, wo mir der Kopf steht."

„Könnten, nein, würden Sie mir bitte Ihre Hände
zeigen? Sie arbeiten nicht gerade hart, richtig? Das
sollte keine Beleidigung sein. Ich stelle fest. Eine
meiner vielen Schwächen."

> „Junger Mann, haben Sie genug? Stört es Sie,
> wenn ich Sie ‚junger Mann' rufe?"

„Für wie alt halten Sie mich? Halten Sie sich nicht
zurück! Ich vertrage Einiges. Als ich blühte, wusste
ich es nicht. Jetzt blühe ich nicht mehr und ich weiß
es. Zu dumm, wann man weiß und nicht weiß."

> „Kennen Sie eigentlich …? Ich auch nicht.
> Wenn man es genau nimmt, spielt es keine
> Rolle, ob man ihn kennt oder nicht kennt.
> Stimmen Sie mir zu?"

„Würden Sie mir bitte zur Hand gehen?"

„Hat es Ihnen auch gefallen? Das wäre eine Erleichterung. Wenn es nur mir gefällt, dann denke ich immer, dass ich etwas falsch mache. Sagen Sie mir: Hat es Ihnen auch gefallen?"

„Sie sind ein famoser Gesellschafter, wissen Sie das? Kommen Sie gern öfter zu Besuch."

„Wünschen Sie mir auch eine gute Nacht?"

„Wenn Sie erst die Kacheln sehen – mein Gott! Das war eine ganz schöne Handarbeit."

„Sind Sie manchmal auch einsam? Bestimmt."

„Meinen Handrücken nicht zu streicheln, ist kein Zeichen des Respekts, junger Mann."

„Zeigen Sie mir bitte nochmals Ihre Hände. Dass es so etwas noch gibt."

„Wissen Sie, wie es mir geht?"

„Das Taxi wartet bestimmt schon auf Sie."

MANGEL

Was ihn beunruhigt: Wenn jemand ihm etwas
bedeuten will und der ihm nichts bedeutet. Er weiß,
dass dies gilt: Er kann nicht entsprechen. Dem
Geschätzten nicht. Dem Freundlichen nicht. Dem
Suchenden nicht. Dem Dürstenden nicht. Wenn er
die Hand wegschlägt, indem er nichts tut. Indem er
nichts sagt. Indem er sich nicht rührt. Indem er
irgend darstellen muss, dass ihm der andere nichts
bedeutet. Um Schlimmeres zu verhindern.

Was ihn erschüttert: Wenn er jemandem etwas
bedeuten will und er dem nichts bedeutet. Beleg:
Indem der andere nichts tut, nichts sagt, sich nicht
rührt. Um Schlimmeres zu verhindern.

Schlund: zu wissen, dass er an den anderen denkt,
dieser aber nicht an ihn. Oder der andere
‚anlassbezogen‘ an ihn denkt. Dass ihm der andere
Begleiter ist, er dem anderen aber nichts ist. Beinahe
nichts. Eigentlich nichts. Anlassbezogen. Sperriger
kann es nicht in ihn einfallen. Nicht treffender.
Nicht schlagender.

Dann verliert er sich. Dann ist der Bestand gefährdet. Dann regt sich Unmut zu existieren in ihm. Dann erkennt er sich nicht wieder. Dann fällt er zusammen. Dann vermag er nichts anderes mehr zu tun, als sich zu zeihen. Dass er ansonsten nicht genügt; dass er ansonsten nicht taugt; dass sein Name ansonsten auf keinen Listen steht, die der Verteilung und der Vergebung wegen erstellt wurden – geschenkt.

Er diktiert: „Lacht aus und kitzelt mit euren Federn. Kitzelt alles heraus. Schminkt in der Nacht. Zieht den Stuhl weg. Grabt eine Grube, in tiefster See. Nur grabt sie!" Doch nicht euretwegen springt er, ohne die Grube zu finden. In sie zu fallen, in ihr aufzuschlagen – unmöglich. Er sinkt nur, weiter und weiter. Das Unglück glückt nicht. Den Satz würde er schon noch streichen.

Er belässt: Wenn der Blick des anderen, der ihm gilt, nichts als alltäglich ist; wenn dessen Arm ruht; wenn kein Finger streicht; wenn dem anderen die Sitte genügt; wenn dessen Züge und Winkel souverän in Stellung gebracht werden können, während er ein einziger Bruch sein muss; während sich sein Blick in den Artefaktfluchtpunkten verliert; während jedes seiner Worte bebt: Dann bannt der Mangel.

SPRECHSTUNDE

„Nehmen wir einmal an, dass es Umstände gibt, unter denen es Ihnen gut geht. Spielen Sie mit: Unter welchen Umständen geht es Ihnen gut?"

    „Wenn ich sehnsuchtslos bin. Wenn ich mich nicht spüre. Wenn alles ohne mich vonstatten geht. Wenn ich den Pinsel führe. Wenn ich die Nüsse aufspüre, die das Eichkätzchen vergraben und vergessen hat. Wenn mich die Wellen umgeben, sodass ich nichts mehr sehe als etwas, das blau ist. Wenn alles blau ist."

„Macht Ihnen das keine Angst?"

    „Durchaus."

„Würden Sie gern eine Welle malen?"

    „Nein. Und bitte werfen Sie mir keinen Ball zu. Ich male keine Welle und mache keine."

„Wären Sie gern eine Welle?"

    „Ich weiß nicht mal, wie es wäre, eine Welle zu sein. Ich weiß nicht mal, wie es wäre, jemand anders zu sein als ich. Ich muss auskommen mit dem, was ist."

„Wie geht es Ihnen, wenn ich Ihnen die Fragen stelle,
ob Sie gern eine Welle malen würden oder gern eine
Welle wären?"

„Mir geht es dann wie allen anderen, deren
Zeit verstreicht. Ich frage mich. Dass Sie
mich nicht verstehen, daran habe ich mich
gewöhnt. Dass ich Sie nicht verstehe: Das ist
etwas Neues. Bilde ich mir ein."

„Haben Sie in der vergangenen Nacht geträumt?"
„Nein."

„Haben Sie in der vorvergangenen Nacht geträumt?"
„Nein."

„Haben Sie zuletzt geträumt und wenn ja, wovon?"
„Davon, eine Frau zu umarmen. Davon, mich
schuldig zu fühlen, eine Frau zu umarmen.
Die Frau blieb starr. Keinerlei Gegendruck.
Als wollte sie sich tot stellen. Als würde sie
sich umarmen lassen bloß um meinetwillen.
Bis ich dann merkte, dass ich mich nur
schuldig fühlte, eine Frau umarmen zu
wollen. Im Traum irrte ich mich nämlich:
Ich hatte die Frau nicht umarmt."

„Denken Sie, dass man sich in einem Traum irren kann? Denken Sie, dass das möglich ist?"

„Ja. Sonst würde ich mich schämen. Mich schämen müssen."

„Hat es Sie überrascht, dass Sie die Frau im Traum nicht umarmten?"

„Nein. Dass meine Träume nicht das sind, was jemand ‚wunscherfüllend' nannte: Dies sei geschenkt. Dass sie mir zeigen, welche Wünsche ich hätte, und zwar mitsamt Kritik, das ist ermüdend. Ermattend. Meist bin ich morgens müde. Sagt man das nicht: dass man ausgelaugt sei? Wieder etwas, das man sagt, ohne zu verstehen, was man sagt. Kritik, verstehen Sie?"

„Kannten Sie die Frau? Erkannten Sie die Frau?"

„Ja."

„Wann haben Sie zuletzt geweint?"

„Ich weine oft. Gestern, nehme ich an. Ist es ungewöhnlich, oft zu weinen? Das werden Sie mir bestimmt nicht sagen, oder? Sie werden mir ja auch nicht sagen, wie es ist, eine Welle zu sein."

„Erzählen Sie mir, spontan, was Ihnen einfällt."

„Wie Sie wollen: Gestern, nachdem ich
geweint hatte – es müssen Stunden vergangen
sein –, ging ich in das, was man ‚Innenstadt‘
nennt. Sie war überbevölkert. In meiner
Kindheit hätte jemand gesagt: „Das ist aber
wuselig!" Menschen stießen einander, ob
gewollt oder nicht. Es war eng, es war warm.
Ach, gar heiß war es. Drückend. Und ich, ich
verstand nichts. Wohin mit mir: Ich wußte es
nicht. Ich fing an zu singen, nicht sehr
laut, aber auch nicht sehr leise. Inmitten.
Ich sang ein altes Lied. Sie kennen es
bestimmt. Aus der berühmten ‚Winterreise‘
von Schubert und Müller, das Schönste:
‚Drüben hinterm Dorfe / Steht ein
Leiermann / Und mit starren Fingern /
Dreht er was er kann / Barfuß auf dem Eise /
Wankt er hin und her / Und sein kleiner
Teller / Bleibt ihm immer leer / Und sein
kleiner Teller / Bleibt ihm immer leer.‘
Und weiter im Text. Es fiel niemandem auf.
Schritt auf Schritt. Anscheinend. Alles blieb
leer. Das machte den Gang erträglich."

„Was fühlten Sie, als Sie sangen?"

„Dass ich nicht weiß, wie es den anderen ist.
Dass ich nicht weiß, wieso sie nicht alle
singen. Dass ich nicht weiß, wieso sie sind,
wo sie sind. Dass ich nicht weiß, wieso sie
nicht eingehen in die Melodie. Aber: Das ist
Nachdichtung. Während des Singens sang
ich. Punkt. Und lächelte. Bloßes Empfinden.
Das ist das Erhabene am Singen: dass man
in einem Empfinden verwirkt ist. Wenn es
gelingt."

„Hat Ihnen unser Gespräch geholfen?"

„Ein Gespräch hilft nicht. Das kann es nicht."

„Wir müssen weiterarbeiten."

„Gewiss. Bis zur Gewöhnlichkeit."

„Hätten Sie gern einen Leierkasten?"

„Ich bin einer."

„Möchten Sie singen?"

„Vielleicht später. Allein. Das wäre mir zu
intim. Vor Ihnen. Dann gelingt es nicht.
Dann stimmt es nicht."

„Sie sind eine Illusion.“

„Wie soll ich das entkräften können?“

„Wären Sie gern eine Illusion?“

„Sie greifen ins Unmögliche.“

„Gute Nacht. Ich wünsche Ihnen – gestatten Sie mir, Ihnen etwas zu wünschen –, nicht ermüdend zu träumen.“

„Gute Nacht. Beim nächsten Mal denke ich daran, einen Strauß zu binden – Ihrer Freundlichkeit wegen. Bunt und leuchtend.“

ALP

Ein Telefonat. Mit jemandem. Mit dem, dem man
sagen möchte, was IST. Den man zu erreichen sucht.
Von dem man sich wünschte, er wünsche sich, von
einem selbst erreicht zu werden. Der aber alles andere
im Sinn hat, als sich zu wünschen, von einem selbst
erreicht zu werden.

Immer dann, wenn er ansetzt, zu sagen, was IST,
ertönt ein Donner. Es schlägt. Es knirscht. Es knackt.
Am anderen Ende hört er bloß, nach einer kurzen
Weile: „Was hast du gesagt?" Gepaart mit dem Anflug
eines Gähnens. Es schlägt. Es knirscht. Es knackt.

Dann: Immer und immer und immer wieder ein
Donner. Er fasst sich ein Herz. Er fasst sich ans Herz.
Er spricht. Donner. Genau dann, wenn es ihm ist, als
gehe es um Leben und Tod. Gar komisch: Eigentlich
plätschert es bloß. Tor, hämmere!

Am anderen Ende hört er: „Lass es uns später noch
einmal versuchen. Ich verstehe dich nicht. Ich
bedauere. Weißt du, morgen habe ich keine Zeit. Am
kommenden Wochenende, da sieht es gut aus.
Versuch' es einfach. Wie es passt." Dann klackt es.

Es donnert. Er fragt sich, ob es am anderen Ende tatsächlich „Was hast du gesagt?" hieß, oder ob es hieß: „Was sagst du da?" Er weiß nicht, wie es wittert. Irgendetwas tut sich. Er weiß nicht, was sich tut.

Wenn er mit jemandem spricht und es gelingt: Dann donnert es nicht. Dann ist es ein Augenblick ohne jeden Argwohn.

In ihn fährt es: Er weiß nicht einmal, ob es gedonnert hat, als er zu sprechen wagte. Er bildet sich ein, dass es gedonnert hat. So höflich kann es donnern. Es donnert, immerzu.

Er nimmt einen Regenschirm und reitet mit ihm auf einem Blitz davon. Wie es passt.

VOKABULAR

Irgendwann, als es ihn noch nicht gab, musste ihm
beigebracht worden sein, Dinge zu benennen. Es
musste ihm beigebracht worden sein, wie Dinge zu
benennen sind. Welche Dinge, und wie. Das
Vokabular.

Er hat keine Erinnerung daran, wie ihm das
Vokabular beigebracht wurde. Er hat ebenfalls keine
Erinnerung daran, ob sich jemand darüber Gedanken
machte, welches Vokabular ,sein' Vokabular werden
sollte. Wenn ihm jemand sagt, wie ,schön' es doch
damals gewesen sei, dann weiß er nicht, worüber der
andere spricht. Er hat dazu kein Bild und keinen Ton
– ein Wort erst recht nicht.

Er stößt sich nicht daran, ein Ding, das man
,Automobil' nennt, ,Automobil' zu nennen.

Er stößt sich nicht daran, ein Ding, das man
,Spektrometer' nennt, ,Spektrometer' zu nennen.

Er stößt sich nicht daran, ein Ding, das man ,Gott'
nennt, ,Gott' zu nennen.

Er stößt sich daran, dass für alles, was ihm bedeutend erscheint, kein Wort zu finden ist. Keine Bedeutung. Ding und Wort – wenn es denn eines geben sollte, das ‚taugt‘, um das Ding zu begreifen – finden sich nicht.

Er muss es – ihm bleibt nichts anderes übrig – bei Umschreibungen belassen. Bei Umwegen. Oder er belässt es. Belässt sich. Bis ihn niemand mehr versteht. Besser: Bis es niemand mehr versucht, ihn verstehen zu wollen. Er will nicht schänden.

Wenn es um das geht, was ihm etwas bedeutet, dann schweigt er. Oder er stammelt. Stets, das kann er nicht verhindern, macht er dann eine lange Pause, bevor ihm etwas entfährt. Ein Bekannter würde sagen: „eine quälend lange Pause“.

Weil er nicht weiß, was eine Qual ist, möchte er sich diesen Ausdruck nicht zu eigen machen. Unausweichliches Spiel mit dem Vokabular. Sein Vorsatz: keinen Ausdruck mehr zu borgen, in den er nicht eingehen kann.

Er fragt: „Verstehst du mich?"
　　　Sie schaut ihn an.

Sie fragt: „Wie nennst du, was du küsst?"
　　　Er spendet keinen Namen.

Sie fragt: „Wie nennst du, was du kost?"
　　　Er wagt es nicht, zu benennen. Sie lacht.

Sie fragt: „Wie schmeckt dir, was du kost?"
　　　Er weiß nicht, wie darauf zu antworten ist.

Sie fragt: „Liebst du mich?"
　　　Er muss es – ihm bleibt nichts übrig – bei
Umschreibungen belassen.

Sie, lachend: „Du musst dir schon selbst einen Korb
flechten und geben!"
　　　Bitte.

Sie fragt: „Bist du glücklich?"
　　　Er: „Bitte frage mich das nicht."

Sie fragt: „Reden wir miteinander?"
　　　Er schließt die Augen.

Sie fragt: „Denkst du in Anführungszeichen?"
Eine interessante Frage.

Sie fragt: „Berührst du mich?"
Er kann nicht. Wenn er sich fragt, ob und
wie er benennen sollte, was er berühren
würde, dann kann er es nicht mehr berühren.

Sie fragt: „Wie, glaubst du, würde man es nennen,
wenn man Gott kosen könnte?"
„Bedeutend."

SPRECHSTUNDE

„Erzählen Sie. Ich höre zu."

    „Meine Mutter verwahrte eine beträchtliche
Anzahl an Zetteln in der Schublade eines
schmuckvollen Sekretärs. Die Schublade
verschloss sie. Manchmal warf ich einen Blick
in das Zimmer und sah, wie sie den ein oder
anderen Zettel in Augenschein nahm. Ihr
Gesicht konnte ich nicht sehen. Ich konnte
die Zettel nicht sehen, wusste nicht, wie
groß sie waren, wie schön. Dann sah ich, wie
meine Mutter die Zettel, geordnet, so schien
es, zurück in die Schublade legte. Dann nahm
sie den Schlüssel und verschloss. Mehr sah
ich nicht. Der Winkel versagte."

„Hofften Sie, mehr sehen zu können?"
    „Ja."

„Was hofften Sie, sehen zu können?"
    „Ob die Zettel Briefe waren."

„Wie kommen Sie auf Briefe?"
    „Ich hoffte, es seien Liebesbriefe meines
Vaters."

„Haben Sie eine Erklärung, weswegen Sie hofften, dass es sich um Liebesbriefe Ihres Vaters handelt?"

„Ich wünschte ihr, sie seien es."

„Ihr Vater war tot, als Sie die Hoffnung hegten?"

„Ja."

„Erzählen Sie weiter."

„Einige Tage, nachdem meine Mutter verstorben war, brach ich die Schublade des Sekretärs auf. Der Schlüssel war nicht aufzufinden."

„Was fanden Sie in der Schublade?"

„Quittungen. Nichts als Quittungen."

„Was ging Ihnen durch den Sinn, als Sie entdeckten, dass es sich um Quittungen handelt?"

„Leben."

„Leben?"

„Anders, von mir aus: Realität. Ich wünschte, dass es anders sei. Es war nicht anders. Leben. Realität. Ein Ding ist es, das einen Namen hat. Haben Sie Liebesbriefe?"

„Nein. Leider nicht."

„Sehen Sie: Leben. Meine Mutter lebte.
Mein Vater lebte. Ich lebe. Sie leben."

„Wünschten Sie, Ihr Vater würde noch leben?"
„Nein."

„Halten Sie sich für einen schlechten Menschen?"

„Ich kenne die Antwort. Ich weiche aus:
Ich lebe. Anderes würde ich am liebsten nicht
wissen wollen."

„Würden Sie mir lieber einen Brief schreiben, als mit
mir zu sprechen?"

„Nein. Sie bedeuten mir nichts. Bitte,
missverstehen Sie mich nicht: Sie sind
wichtig. In einem Sinne, den ich fassen
könnte. Aber Sie bedeuten mir nichts."

„Haben Sie andernorts Liebesbriefe Ihres Vaters
gefunden?"

„Nein. Aber ich träumte etwas, kurz nachdem
auch meine Mutter verstorben war: Ich
träumte, dass ich in ein anderes Haus – fragen
Sie mich nicht, welches dies gewesen sein soll
– einbrach, den dortigen Sekretär entdeckte,

dessen Schublade aufbrach und Briefe fand. Liebesbriefe. Ich stibitzte sie. Ich rannte mit den stibitzten Liebesbriefen zu unserer Wohnung. Ich rannte zum Sekretär, steckte die Liebesbriefe in die Schublade, die – ich weiß nicht, warum – geöffnet und leer war, schob sie zu und verließ den Raum. Das Nächste, woran ich mich erinnere: Ich werfe einen Blick in den Raum, kurz danach, so fühlte es sich an. Ich sah meine Mutter. Sie saß am Sekretär. Sie öffnete die Schublade und nahm Zettel hervor. Warum auch immer – ich konnte sie sehen. Wissen Sie, was ich sah?"

„Ich befürchte: Quittungen."
    „Ja, Quittungen, nichts als Quittungen."

„Befürchten Sie, der Trauminhalt sei banal?"
    „Ja."

„Sie sind ein Simpel – nicht wahr?"
    „Ich gestehe. Wie kommen Sie darauf?"

„Weil Sie Ihren Vater einmal so nannten: Simpel."
    „Könnten wir pausieren?"

FREMDE

Was er nicht versteht:
>   sich zu fragen, was der Sinn des Lebens ist.

Was er nicht versteht:
>   sich zu fragen, wie es wäre, jemand anderer zu
>   sein. Ein anderer zu sein.

Was er nicht versteht:
>   sich zu fragen, wie es wäre, anders zu sein.

Was er nicht versteht:
>   wie man sich geborgen fühlen kann in der
>   Annahme, dass es etwas gibt, das als ‚Gott‘
>   bezeichnet werden darf.

Was er nicht versteht:
>   wie man sich geborgen fühlen kann in der
>   Annahme, dass es nichts gibt, das als ‚Gott‘
>   bezeichnet werden darf.

Was er nicht versteht:
>   ‚vor sich hin zu leben‘.

Was er nicht versteht:
    dass einer über den Fortschritt spricht.

Was er nicht versteht:
    sich nicht allein zu wissen.

Was er nicht versteht:
    sich nicht zu fürchten, wenn einer über den
    Tod spricht; sich zu fürchten, wenn einer
    über den Tod spricht.

Was er nicht versteht:
    dass sich andere nicht zu wünschen scheinen,
    das geborgte Wort mit einem eigenen
    auszutauschen.

Was er nicht versteht:
    dass sich einer nicht entschuldigen kann,
    obwohl er sich entschuldigen sollte; obwohl
    der weiß, dass er sich entschuldigen sollte.

Was er nicht versteht:
    sie.

Was er nicht versteht:
    seinen Bestand.

STURZ

Nachdem sich J. P. an einem Frühlingsmorgen zu
Tode gestürzt hatte, reagierten die Mitglieder der
Gemeinschaft unterschiedlich. Einige zeigten sich
betroffen. Dies verstand er nicht. Einige zeigten sich
gar erschüttert. Dies verstand er erst recht nicht.

Eine ältere Dame sagte: „Das musste ja so kommen."
Eine andere sekundierte: „Unausweichlich." Eine
junge Dame reckte ein kleines Kreuz in die Luft,
fuchtelte mit ihm herum und flehte Unverständliches.
Keiner wusste, weswegen sie dies tat. Eine andere
Dame, weder alt noch jung, brach in Tränen aus,
schluchzte und kniete nieder. Vielmehr: Sie sank,
tränennass und schwächelnd, in die Knie. Er stand
dabei.

Er wollte niemandem zeigen, wie es um ihn stand
angesichts der Nachricht, dass sich J. P. zu Tode
gestürzt hatte. Er dachte: Die Nachricht steht für
sich. Die Tatsache steht für sich. Die Tat steht für
sich. Das Letzte, was nun wichtig war, war es,
irgendetwas zu ‚zeigen‘. Er behauptet, dass J. P. diese
Ansicht geteilt hätte. J. P. hatte nichts ‚gezeigt‘.

J. P. galt als eine Person, von der, so hatte es die Runde gemacht, anzunehmen war, dass sie sonderbar werden wird. Oder schon sonderbar ist. Das war die Stimmung in der Gemeinschaft: Entweder Futur oder Präsens. „Irgendetwas stimmt nicht mit ihm", hatte Frau K. gemutmaßt, während sie das Strickzeug beiseite legte. Einen „liebenswerten Wirrkopf", hatte ihn einmal, zu vorgerückter Stunde, der Wirt genannt. „Schrullig, irgendwie schrullig." „Wie manche es werden, im Tal", flüsterte Frau K., ohne selbst genau zu verstehen, was und weswegen sie sagte, was sie sagte. Irgendjemand dachte auch an einen Kauz, weil sich J. P. am helllichten Tag selten blicken ließ.

„Es gibt doch bloß zwei Möglichkeiten", sagte J. P. einmal, noch ganz bei Sinnen, nachdem er sich zur späten Stunde in die Schänke verirrt hatte. Schwaden schwebten. Irgendjemand hörte ihm zu. Eine Musik spielte. „Entweder ist es so, dass das, was außerhalb der Gemeinschaft vonstatten geht – Veränderungen, meine ich, die, die auch unsere Gemeinschaft heimsuchen werden, aller Wahrscheinlichkeit nach – solche sind, die in irgendeinem Sinne falsch sind. Die so beschaffen sind, dass sie ausbleiben sollten. Von einem moralischen Standpunkt aus, meine ich. Im weitesten Sinne. Mir scheint, dass doch niemand versteht, was vonstatten geht. Wohin. Wozu. Aber man lässt es drehen, wie es will. Oder es ist so, dass das, was außerhalb der Gemeinschaft vonstatten geht, etwas ist, das in irgendeinem Sinne richtig ist. Dass es etwas ist, das zu befördern ist. Etwas, das gut ist." Er holte tief Luft. Eine andere Musik spielte.

„Doch eigentlich kann man darüber so, wie ich es bislang getan habe, gar nicht vernünftig sprechen. Ich meine: Das ist viel zu grobschlächtig, nicht wahr? Denn manches von dem, was außerhalb der Gemeinschaft vonstatten geht, könnte ja etwas sein, das es zu befördern gilt. Und anderes könnte ja etwas sein, das es zu verhindern gilt. Zu dumm. Manchmal schlage ich um mich, versteht ihr? Genau dann, wenn man sehr genau hinschauen, wenn man fein, ganz, ganz fein arbeiten müsste, fange ich an, in großen Linien zu zeichnen. Mich in großen Linien zu verirren. In einem umfassenden ‚So oder so'. Es wäre auch, nehmt das einmal als Beispiel, aberwitzig, zu behaupten, dass all das, was innerhalb unserer Gemeinschaft vonstatten geht, etwas ist, das gut ist. Oder so rum: dass all das, was innerhalb der Gemeinschaft vonstatten geht, etwas ist, das schlecht ist. Oder liege ich falsch?"

„Bei uns? Bei uns ist doch alles in Ordnung", erscholl
es vom Tresen. „Und denk' dran, was auch immer
kommt, geht: Der Krug geht solange zum Brunnen,
bis er bricht. Und vorher nicht. Billiger Spruch, klar,
das schenke ich dir, mein lieber J. P. – aber ist es
nicht so? Sag: Ist es nicht so?" Kurze Pause. „Gewiss,
so wird es sein", murmelte J. P., der sich damit nicht
zufrieden geben konnte, dies aber verbarg. Er zieh
sich, den Versuch unternommen zu haben, laut zu
denken. Überhaupt zu denken. Er hätte weiter denken
müssen, weiter und weiter – aber er konnte nicht.
Nicht mehr.

J. P. wusste, dass er viel genauer über das nachdenken
müsste, was ihn beschäftigt, wenn er zu Schlüssen
kommen wollte, die aus seiner Sicht vernünftige
waren. Die als vernünftige Geltung beanspruchen
dürften. Dies war anstrengend. Schmerzhaft
anstrengend. Ihm bereitete das einen ‚Denkschmerz',
wie er es einmal nannte und in einer Kladde notierte.

J. P. machte es niemandem zum Vorwurf, dass er der
Einzige zu sein schien, der den Eindruck hatte, dass er
viel genauer über das nachdenken müsste, was ihn
beschäftigt, wenn er zu Schlüssen kommen wollte, die
aus seiner Sicht vernünftige waren.

An einem verschneiten Januarabend – es war dunkel, auch im Laternenlicht – schwankte J. P. auf den Straßen, am Fachwerk vorbei. Er schwankte nicht, weil er betrunken war. Er schwankte nicht, weil er an diesem verschneiten Januarabend das unpassende Schuhwerk ausgesucht hatte. Er schwankte, weil er nicht weiter wusste. Einer ging auf ihn zu und wollte ihm helfen, weil J. P. schwankte und er nicht wusste, was dies soll. „Mir ist nicht zu helfen", weinte J. P., leise und zart, und dankte für den Versuch, ihm zur Seite zu stehen. „Es ist nur das: Ich verstehe so vieles nicht, verstehst du? Nicht so, wie man es verstehen sollte, um sagen zu dürfen, dass man es versteht. Und ich schaffe es nicht, so zu denken, dass mir vernünftig scheint, worauf ich komme, mit meinen Gedanken. Meinen Gedanken. Verstehst du mich?" Der andere, am Mantelkragen gegriffen, schaute ihn an und wusste nicht weiter. Er blickte J. P. so freundlich und gütig an, wie es ihm gelingen konnte.

Dann entschied sich J. P., dem Schmerz nachzugeben. Es wurde entschieden. Er dachte: Es muss so entschieden werden. Scheidung. Er genügte sich nicht. Daran waren alle schuldlos. Also auch er. Auch das notierte er in seiner Kladde, die verschollen ist. Man fand sie nicht.

„Ich werde ein Gefühl nicht los, junger Mann:
Bewundern Sie die arme Seele, diesen J. P., der sich
zu Tode gestürzt hat?", fragte ihn Frau K., durchaus
besorgt und in freundlicher Absicht. „Bewundern?
Nein. So kann ich es nicht sehen. Mir scheint: Es
ging nicht anders. J. P. konnte nicht mehr anders.
Stürzend war er nicht aufzuhalten. Ich habe allerdings
den Eindruck, dass man ihn verstehen kann. Er war
irgendwie ‚dazwischen‘, verstehen Sie? So konnte er
nicht leben. So kann man nicht leben." Frau K., das
Strickzeug nehmend, flüsterte, in den Raum, in die
Luft: „Irgendetwas stimmt nicht mit ihm."

SPRECHSTUNDE

„Zuletzt wollten Sie pausieren. Sie baten um das
Einlegen einer Pause, als ich Sie daran erinnerte, dass
Sie Ihren Vater einen ‚Simpel‘ genannt hatten.“

> „Ich kann mich nicht erinnern. An die Bitte
> kann ich mich erinnern. An anderes nicht.
> Daran kann ich mich nicht erinnern, weil es
> keinen Sinn ergibt. Vielleicht war es eher so:
> Ich hätte mir gewünscht, dass er ein Simpel
> gewesen wäre. Das ergibt Sinn, auch wenn es
> nicht der richtige sein sollte.“

„Nun gut. Lassen wir das fürs Erste auf sich beruhen.
Ich schlage Ihnen anderes vor. Kennen Sie, bestimmt
kennen Sie das, aus Filmen das Spiel, bei dem einer
ein Wort aufruft und der andere sofort sagen muss,
was ihm zu diesem Wort einfällt?“

> „Wenn Sie spielen möchten: Bitte.“

„Haben Sie Angst, zu verlieren?“

> „Ich habe keine Angst davor, zu verlieren.“

„Haben Sie Angst, etwas zu verlieren?“

> „Dies mag sein. Ergibt das einen Sinn?“

„Fangen wir an: Farben."

„Gern. Viele."

„Simpel."

„Falle. Schlecht gestellte."

„Schoß."

„Kuss."

„Musik."

„Vergangenheit."

„Paradies."

„Fremdwort. Mindestens."

„Zoologie."

„Selbstkunde."

„Selbstgenügsamkeit."

„Fremdwort. Mindestens."

„Licht."

„Schatten. Ohne Düsternis."

„Frau."

„Tod."

„Tod?"

„Leben wäre naheliegender, das gebe ich zu.
Sie forderten mich auf, zu sagen, was mir als
Erstes einfällt, richtig? Ich wollte mich auf
das Spiel einlassen. Menschen verdienen
nicht, was mir einfällt. Manchmal verwunde
ich. Danach kann ich schlafen. Ich wünsche
mir, dann nicht schlafen zu können. Aber ich
kann es."

„Therapeut."

„Schwarzer Schwan."

„Sie sagten mir, das ist nun einige Wochen her, dass
Sie den ein oder anderen Gedanken aufschreiben, ihn
zu Papier bringen. Machen Sie dies noch, regelmäßig
oder manchmal?"

„Ja."

„Weswegen, denken Sie, tun Sie das?"

„Ich weiß es nicht. Um mich zu erleichtern?
Um zu teilen? Um den Gedanken nicht mehr
bloß ‚in mir' zu haben? Dies mag alles sein.
Doch eine definitive Antwort zu geben: Das
wäre so, als würde ich es darauf anlegen, Sie
zu betrügen. Am liebsten würde ich sagen:

Bloß, um über die Runden zu kommen. Das werde ich nachschlagen: Was es genau heißt, ‚über die Runden zu kommen‘. Dies ‚sitzt‘ viel genauer als jeder andere Ausdruck.“

„Ich habe eine Bitte: Würden Sie mir etwas vorlesen von dem, was Sie geschrieben haben?“

„Ein Mann liegt auf seinem Bett. Es ist spät. Er weiß nicht, wie spät es ist. Er hält es nicht aus, nicht zu wissen, wie spät es ist. Er blickt auf seine Armbanduhr. Er sieht nicht, wie spät es ist, weil es zu dunkel ist. Die Armbanduhr legt er beiseite. Er schläft nicht. Er wacht nicht. Womöglich ein Schlummer? Es ist warm. Dennoch nähert er sich dem Bettzeug. Er nimmt das Bettzeug in den Arm. Er umschließt das Bettzeug, er umfasst das Bettzeug, er lässt sich ein auf das Bettzeug. Kurzzeitig denkt er nicht daran, dass es sich um Bettzeug handelt. Kurzzeitig wünscht er sich, dass das Bettzeug nicht Bettzeug sei. Er macht die Augen auf. Er atmet schwer. Er entschuldigt sich bei dem Bettzeug dafür, dass er sich genähert hat. Dass er es umschlossen hat. Dass er es umfasst hat.“

„Sind Sie das?"
    „Der Mann?"

„Ich denke nicht, dass Sie das Bettzeug sind."
    „Sie wollen wissen, ob ich dieser Mann bin?"

„Ja."
    „Würden Sie mich auch fragen, ob ich der
    Mann bin, wenn ich eine andere Geschichte
    verfasst hätte, und zwar die Geschichte eines
    Mannes, der – aus welchen Gründen oder
    Ursachen auch immer – zum Mörder wird?
    Die Geschichte eines Mannes, der, sagen wir,
    seinen Haartrockner ‚ermordet', weil er dessen
    Lärm, dessen Getöse nicht mehr erträgt.
    Würden Sie?"

„Ja, ich würde Sie auch dann fragen."
    „Weil Sie denken, dass ich denken könnte,
    ein Mörder sein zu können? Der Mörder
    eines Haartrockners, dessen Getöse ich
    nicht mehr ertragen kann?"

„Sie machen sich lustig über mich."
    „Bitte, verzeihen Sie mir. Ich habe mich nicht
    über Sie lustig machen wollen. Offen gesagt:

Ich habe mich über mich selbst lustig machen wollen. Aber dies misslang. Zugegeben."

„Sie denken manchmal zu viel, manchmal zu wenig."
„Dürfen Sie das so sagen?"

„Dürfen wir beide nicht alles? Sollten wir beide nicht alles sagen dürfen? Wenn es um uns stünde, wie es um uns stehen sollte?"
„Wenn Sie es sagen."

„Möchten Sie wissen, was ich denke?"
„Gern."

„Sind Sie sich sicher?"
„Ja."

„Halten Sie mich für einen Dilettanten?"
„Ja."

„Halten Sie sich selbst für einen Dilettanten?"
„Ja. Ich halte uns alle für Dilettanten. Wenn es um das geht, was bedeutend ist. Das soll aber nicht beleidigend wirken. Glauben Sie mir. Sie fragen mich, was ich denke. Und wenn ich mich mitteilen kann, dann tue ich

das. Auch wenn es schmerzt. Ich kann sonst nicht mehr atmen, verstehen Sie?"

„Ich befürchte, dass Sie sich selbst totschlagen könnten. Mit dem, was Ihnen dafür zur Verfügung steht."

„Sorgen Sie sich?"

„Das geht zwar zu weit, aber: Ja."

„Das ist nett. Was steht mir zur Verfügung?"

„Unser Gespräch."

„Unser Gespräch."

„Wie geht es nun weiter?"

„Es war nett. Sehr nett."

„Wenn wir anfangen, in Floskeln miteinander zu sprechen, dann ist es vorbei – richtig?"

„Das haben Sie schön gesagt. Sehr schön."

„Wünschen Sie mir gleich auch noch einen guten Tag? Einen angenehmen?"

„Ich wünsche Ihnen einen guten, einen angenehmen Tag. Den besten."

„Dass wir einander nicht erreichen: Es bekümmert
mich."

> „Dass Sie dies bekümmern kann, lässt mich
> hoffen. Wenn Sie nicht Sie wären, würde ich
> Sie gar umarmen wollen. Umschließen.
> Umfassen. Dann würde ich mich auf Sie
> einlassen."

„Bis bald.
> Adieu."

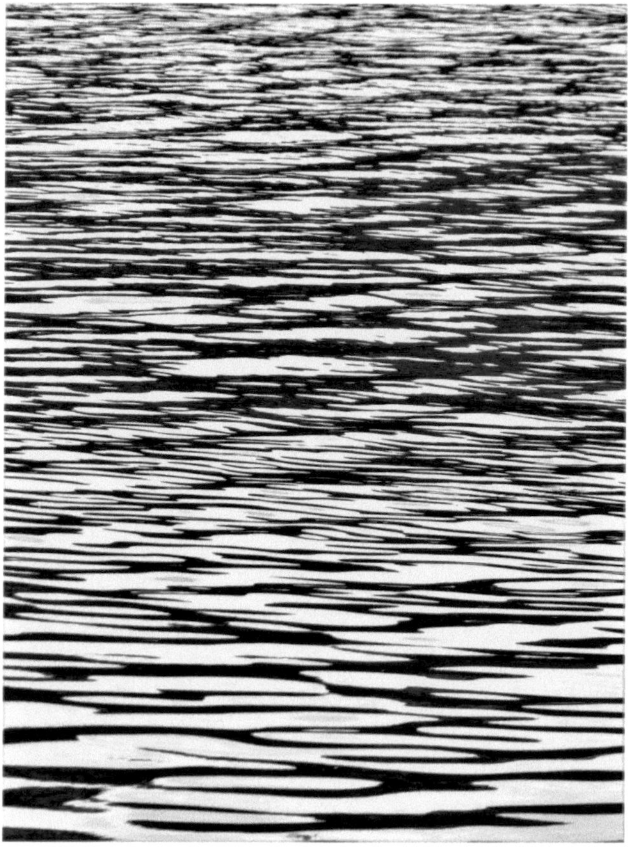

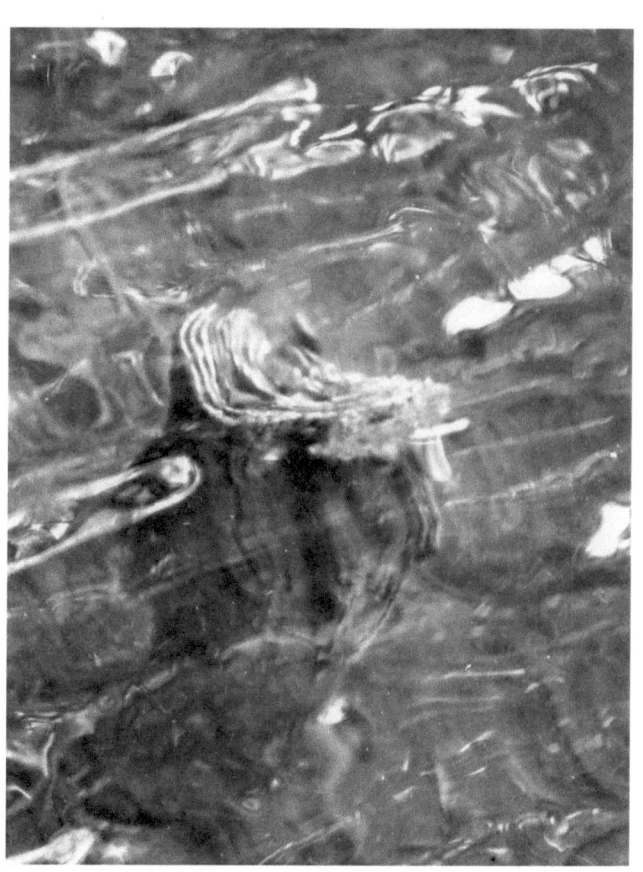

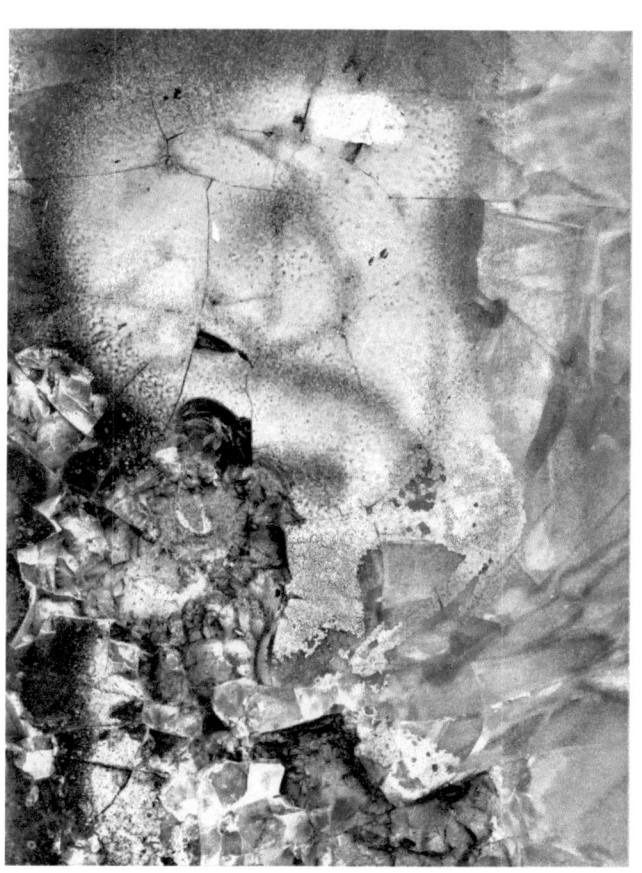

BALDACHIN

Baldachin, mein Baldachin,
dir spend' ich meine Runen,
so schlag' ich in dich Wunen,
zur Andacht – schweige, Nacht.

Baldachin, mein Baldachin,
dich zeichnen meine Risse,
dich schmerzen keine Bisse,
zur Liebe – schweiget, Triebe.

Baldachin, mein Baldachin,
du schirmst, damit's mich trifft,
mich packt, in Federschrift,
zum Ende – schweiget, Hände.